A roda
da vida

Vicência Brêtas Tahan

A roda
da vida

São Paulo
2016

© Vicência Brêtas Tahan 2015
1ª Edição, Global Editora, São Paulo 2016

Jefferson L. Alves – diretor editorial
Gustavo Henrique Tuna – editor assistente
Flávio Samuel – gerente de produção
Jefferson Campos – assistente de produção
Flavia Baggio – coordenadora editorial e revisão
Fernanda Bincoletto – assistente editorial e revisão
Danielle Costa – preparação de texto
Mayara Freitas – projeto gráfico
Tathiana A. Inocêncio – capa
Matic Stojs/Shutterstock e Reinhold Leitnes – imagens de capa

Obra atualizada conforme o
NOVO ACORDO ORTOGRÁFICO DA LÍNGUA PORTUGUESA.

CIP-BRASIL. CATALOGAÇÃO NA PUBLICAÇÃO
SINDICATO NACIONAL DOS EDITORES DE LIVROS, RJ

T136r

Tahan, Vicência Brêtas
A roda da vida / Vicência Brêtas Tahan. – 1. ed. – São Paulo: Global, 2016.

ISBN 978-85-260-2304-8

1. Romance brasileiro. I. Título.

16-34149
CDD: 869.3
CDU: 821.134.3(81)-3

Direitos Reservados

global editora e distribuidora ltda.
Rua Pirapitingui, 111 – Liberdade
CEP 01508-020 – São Paulo – SP
Tel.: (11) 3277-7999 – Fax: (11) 3277-8141
e-mail: global@globaleditora.com.br
www.globaleditora.com.br

Colabore com a produção científica e cultural.
Proibida a reprodução total ou parcial desta obra
sem a autorização do editor.

Nº de Catálogo: **3860**

Para meus filhos.
Agradeço à Lucianne, minha neta, por sua
disponibilidade e observações sensatas.

Para meus filhos.

Agradeço a Lucienne muito pela sua
disponibilidade e observações sensatas.

— Vocês me sufocam! Vivem criticando meus amigos, não me deixam escolher os filmes que quero assistir, não me deixam ir às festas na casa das minhas amigas. Não posso fazer nada!

Os pais ficam mudos. Fizeram e ouviram muita coisa nessa fase de adolescente da filha, mas agora foi terrível, ultrapassou todos os limites.

– "Aborrecente".

Rosalva sai da sala, depois do desabafo, batendo portas. Não ia dar oportunidade para respostas.

– Ah! Isso não! – fala a adolescente sozinha, já em seu quarto.

– Lauro, você ouviu o que eu ouvi? Ou estou sonhando?

– Acho que estávamos precisando ouvir tudo o que ela falou. Como isso pode acontecer conosco, que sempre demos aulas para adolescentes? Na diretoria ouço, quase diariamente, reclamações dos professores e, quando convoco os pais, também fico sabendo da dificuldade que eles têm em lidar com seus filhos. Adolescente é sempre igual. Como esquecemos e não soubemos lidar com essa fase da nossa própria filha?

– Penso que, no momento, temos que dar um tempo a nós e a ela. E fazer um reajuste em nosso comportamento – diz Isabel.

– A que ponto chegamos!

Foram horas e horas de sono perdido à procura de uma solução.

Rosalva também teve tempo para se acalmar e respirar sossegada, pois os pais nada mais fizeram, nem implicaram com ela.

Era uma boa jovem e tinha tudo que uma menina de classe média podia ter de bom.

Ser contestadora aos 14 anos nunca foi devido à falta de amor aos pais, era apenas uma rebeldia, ela achava sempre que tinha razão.

Passada a tempestade, os pais resolveram que seriam mais tolerantes e também refletiram que tinham culpa nisso, pois optaram por ter apenas um filho, já que ambos sempre trabalharam fora de casa.

Filho único tem os olhos e as ações dos pais focados só nele, que esperam o melhor, em suas visões, transferindo às vezes suas frustrações e sonhos.

Mesmo com toda sua rebeldia, ela nunca deu problema na escola. É muito estudiosa, mas tem muito tempo vago, e geralmente fica só, apenas na companhia da empregada. A mãe dá a ideia:

– Um animal de estimação seria oportuno? Ele seria uma companhia, a distrairia e faria com que começasse a assumir algumas responsabilidades.

Foi depois disso que Isabel insistiu com Rô para irem a um *pet shop*, como quem não quer nada....

Lá estavam à venda alguns filhotes de cão de raça, cada um mais fofo que o outro.

A jovem logo começou a brincar com alguns, enquanto sua mãe fingia estar vendo aves expostas, peixinhos coloridos nos aquários verdadeiros e uma versão digital de aquário, exibida numa TV, na qual um *pendrive* armazena as imagens – novidade para ela.

Um pequinês logo ficou mais perto da menina, a lamber sua mão, a puxar a manga de sua blusa. Impossível resistir!

– Mamãe, podemos comprar esse cãozinho? Olha como ele gostou de mim.

A mãe negaceou um pouco, lembrando que, por morar em apartamento, não seria adequado ter um animal.

O vendedor que estava por ali, prestando atenção, logo explicou sobre a origem da raça e as características do cão.

– Essa raça teve origem na China há milênios. O pequinês pertence a uma das raças mais antigas do mundo. De acordo com a lenda, esse pequeno cão sagrado seria fruto do amor entre um leão e uma pequena macaca. Símbolo do leão defensor de Buda, o pequinês foi durante séculos propriedade exclusiva da corte imperial. Paparicado, honrado e venerado, esse cão era tido como protetor do dono. E não precisa de grandes espaços.

Conversa vai, conversa vem... Isabel concordou, desde que a filha se responsabilizasse pelos passeios, por levá-lo ao veterinário sempre que necessário, por trazê-lo para banho e tosa, por limpar a sujeira e por alimentá-lo.

Rô concordou com tudo. O vendedor ensinou como fazer para acostumá-lo a urinar em cima de jornais, que deveriam estar sempre no mesmo lugar; como agradá-lo, alisando-o, mas disse para não acostumar a levá-lo para sua cama e sempre alimentá-lo com ração apropriada.

Decidido que o cachorro seria um novo membro da família, as duas começaram a escolher tudo de que precisariam.

Rô escolheu uma almofada azul, em formato de coração, para ser a cama. Uma coleira também azul. As vasilhas para comida e água foram escolhidas por Isabel. E, conforme recomendação do vendedor, levaram um *spray* que ajuda a ensinar o cão a fazer as necessidades no lugar certo.

– Como foi o passeio? – o pai está curioso para saber o resultado do "projeto".

– Olha, pai, compramos um cãozinho. Eu que vou tomar conta dele. Não é uma gracinha? É da raça pequinês. Agora precisamos dar um nome a ele.

– Como é seu, você escolherá o nome.

– Já escolhi. Será o meu Pequê.

À noite, já prontos para dormir, os pais têm a oportunidade de conversar a sós sobre a compra.

– Foi mais fácil do que eu imaginava! Ela logo ficou brincando com os filhotes e se enamorou do pequinês. Só fingi não estar muito certa de tê-lo em um apartamento, mas o rapaz de lá logo entrou na conversa e facilitou tudo.

– Vamos ver o resultado.

Um dia, ao chegar da escola, Rô encontra sua mãe chorando muito. A mãe estava ao telefone e não dizia uma palavra, somente corriam lágrimas pelos seus olhos.

A menina fica muito assustada e, vendo a mãe naquela situação de choque, presume que algo muito ruim aconteceu com a avó, que já tinha idade avançada e não andava muito bem de saúde.

Ela liga para o pai e pede a ele que venha imediatamente para casa.

Mais calma, a mãe conta para a família que os médicos estão ligando para pedir a presença de todos no hospital.

Apesar de ainda ser praticamente uma criança, Rô insiste com a mãe que irá ao hospital para ver a avó. Isabel, sem forças para discutir com a filha, aceita. Os três vão juntos.

A avó já está na UTi. Por sorte Rô já tem 14 anos, se tivesse 12 não poderia entrar.

Ao ver a avó naquela cama, respirando por aparelhos, sentiu uma tristeza tão grande e uma sensação de inutilidade. Nada podia fazer por ela. O corpo quase desfalecido sobre a cama em nada lembra a avó que sempre fazia suas comidas favoritas, que contava histórias, que penteava seu cabelo, que a defendia quando a mãe proibia alguma coisa. Aquela velhinha tão simpática, sorridente, de palavras dóceis, amiga, mas uma verdadeira leoa para defender filhos e netos.

De repente, o aparelho que marca os batimentos cardíacos começa a emitir um alarme. Pessoas de branco invadem a sala e colocam Rô para fora. Ela tenta ficar observando, mas é retirada do local.

Nesse momento, repleto de angústia e tristeza, ela decide que será médica. Rosalva entende que a roda da vida jamais para de girar e que um dia todos partirão, mas ela fará de tudo para salvar quantas vidas puder.

Quando Rosalva completa 17 anos, está estudando e preparando-se para o vestibular.

Após a morte da avó, Rô se torna obcecada pelos estudos, pois sabe que é muito concorrido e difícil fazer Medicina. A presença do cachorro também a torna mais madura, pois ela tem a responsabilidade sobre os cuidados com ele.

Sua personalidade se torna calma e ordeira ao final da adolescência; nada de vícios e sabe escolher bem suas amizades.

Agora começa a se interessar por rapazes e a sair, sempre com amigas. O pai a leva às festas, com hora marcada para voltar.

– Venha, Pequê, venha! Está na hora do seu passeio.

O cãozinho é a alegria da jovem e da casa.

Ao sair, Rô encontra sua melhor amiga, Ruth, e juntas vão andando em direção à pequena praça, ali perto.

– Por que você não foi à festa de aniversário do João? Todos perguntaram por você.

– Não tive tempo durante o dia, pois ajudei minha mãe a preparar uma reunião que o papai ia ter com os colegas. As provas são na próxima semana e precisava estudar, pois tem muita matéria e na véspera não dá tempo de ver tudo.

– Você é "cabeça" demais. A gente não pode perder oportunidades de festas.

Rosalva acha melhor não argumentar sobre isso, pois sabe que Ruth é festeira, diferente dela. Às vezes pensa em como podem ser tão amigas e, ao mesmo tempo, tão diferentes no modo de pensar; ao menos têm a paixão pelos seus cãezinhos em comum: seu pequinês e o terrier da amiga.

Enquanto caminham, vão observando os animais que agora correm livremente, sem suas coleiras.

– *Pô, tá legal hoje! Vamos apostar quem chega primeiro até a Luz. Aquela Collie é meio chata, cheia de privilégios porque mora numa casa com um jardim imenso!*

– *Coitados de nós que ficamos presos em apartamentos...*

– *Pois é. Vamos lá!*

As meninas continuam conversando animadamente:

– Veja, Ruth, acharam uma companheira!

A praça está cheia de crianças que adoram os pequenos animais e todas se juntam nos risos, nos pega-pegas, atrás umas das outras.

– Me conta como foi a festa!

– João ficou com a nova vizinha. Ela se chama Dorothea. É bonitinha e parece ser legal. A festa estava cheia como sempre, a turma toda estava lá. Ah, teve um grupinho que se reuniu no jardim e puxou um fumo.

– Credo! Felizmente, eu não fui. Só de pensar, imagino o final.

– Que nada! Ficaram, sim, mais alegres. Depois começaram as danças, e a música estava muito legal, apenas mais alta. Veio até um telefonema pedindo para abaixar o som, isso de um vizinho, chato pra caramba, já que o velhote reclamou que não conseguia dormir.

O dia do vestibular se aproxima, e Rosalva se dedica de corpo e alma a ele. Nem pensa na possibilidade de não alcançar os pontos necessários para entrar na Faculdade de Medicina, seu maior sonho.

Chega o dia. Está nervosa, mas consciente que se preparou bem. Ao terminar a prova, aliviada, ela acredita que foi muito bem e já fica ansiosa para ver seu nome escrito na lista dos aprovados, no quadro do cursinho.

Vinte dias depois...

Lá está, com ótima classificação.

Correndo para casa, a fim de contar aos pais o resultado, leva um esbarrão na rua, que a deixa no chão. Braços fortes a erguem, e palavras de desculpas jorram educadamente. Ao levantar e olhar para quem a está segurando, dá de cara com um rapaz simpaticíssimo, que lembra alguém que já viu. E tinha olhos incrivelmente azuis.

– Você se machucou? Vamos sair do meio da rua antes que o semáforo abra. Vou levá-la a um pronto-socorro aqui perto para termos certeza de que não aconteceu nada. Quer que eu ligue para alguém?

– Não. Tudo bem, foi mais um susto.

Apalpa as pernas, os braços, apenas encontra um arranhão no joelho.

– Meu nome é Ricardo, mas pode me chamar de Rick. Não tenho palavras para desculpar minha falta de jeito em ter derrubado você. Vou até sua casa para acompanhá-la pelo menos.

Rosalva está um pouco insegura para caminhar sozinha e aceita a ajuda.

– Ei, por que você vinha tão depressa? Parecia um furacão.

– Tenho uma boa notícia para dar aos meus pais. Passei no vestibular.

– Parabéns! Ano passado também tive esse momento e sei o quanto significa! Que curso você pretende fazer?

– Medicina.

– Oba! Eu também estudo Medicina, na USP. Estou no segundo semestre.

– Que coincidência! Chegamos. Gostaria que você tivesse um instante para conhecer meus pais.

Rick está bem-humorado e gostando da companhia da jovem. Além de inteligente, é muito bonita. Gostou de não encontrar uma pessoa mimada, querendo chamar a atenção; de alto-astral ela é.

Os pais estão lendo jornal na sala e ficam um pouco assustados ao verem os dois. Rosalva nunca foi de trazer amigo ou namorado para que conhecessem.

– Ô pai, ô mãe. Este é o Rick, acabei de conhecê-lo. Eu levei um tombo na rua e ele gentilmente veio me acompanhar. Estou bem, podem acreditar.

– Filha, como foi? Está certa que não tem nada? Podemos chamar o dr. Guedes.

– Tudo bem, nada demais. Acho que vou lavar o machucado com água e sabão e passar um antisséptico nele. Enquanto isso, agradeçam ao Rick, pois ele gentilmente veio até aqui comigo.

– Claro. Só temos que ficar contentes em conhecer um jovem tão atencioso. Vamos nos sentar um pouco. Você aceita uma água, um café?

– Água, por favor.

– Bem, rapaz...

O pai, desconfiado, é direto.

– Onde você mora? Se estava na redondeza, deve ser por aqui? Acertei?

– Mais ou menos. Moro próximo, mas tenho um amigo que é quase seu vizinho. Vim trocar umas informações com ele. Somos vidrados em computação e ele é muito bom nisso.

– Muito bem. Quem é o seu amigo? Talvez a gente se conheça.

– É o Rogério Lima. O pai dele tem aquela livraria no larguinho.

O pai muda aquela cara fechada e abre um largo sorriso, afinal o pai de Rogério e ele são grandes amigos.

– Sim, claro que eu conheço. Gente boa!

Mãe e filha retornam com a água, e a conversa fica mais animada.

Rick conta da sua vida, de seus estudos.

Rosalva, enfim, lembra da sua pressa para chegar em casa e abraça os pais com a novidade contada: passou no vestibular.

– Vou deixar vocês curtirem esse momento.

Rick se despede, prometendo aparecer a qualquer outra hora. Nota o rubor no rosto de Rosalva, e tem esperança de tornar a vê-la e quem sabe...

– Que alegria, minha filha! Olha, vamos comemorar com seu aniversário. Faltam poucos dias. Que tal?

– Ô, mãe. Vai ser ótimo! Sabe, vou convidar o Rogério e por ele ver se consigo o telefone do Rick para convidá-lo também.

Rô teve uma ótima impressão de Rick. Será que foi só um esbarrão? Tem vontade de vê-lo novamente.

Os preparativos para a festa se iniciam. Lista de convidados, enfeites, sabor do bolo, comidas, músicas... Rosalva só consegue se concentrar na esperança de ver Rick novamente.

A expectativa é grande. Somente agora, ao completar 18 anos, é que a jovem realmente sente interesse por alguém. Sente um calafrio a cada momento que lembra dos braços fortes que a tiraram do chão e espera ansiosa pelo momento do reencontro.

Enfim... chega o dia do aniversário.

Rick chega com Rogério e logo se enturma. Não tira os olhos de Rosalva. Ela está ocupada recebendo os convidados, mas sente um frio na barriga e as mãos suando cada vez que seus olhos se cruzam com aqueles maravilhosos olhos azuis. Quando a dança começa, eles têm a oportunidade de estarem juntos. Rosalva fica enrubescida quando Rick se aproxima e a tira para dançar. O encantamento é recíproco. Pena que ela é a anfitriã e precisa dar atenção a todos.

Uma de suas amigas, com um sorriso cheio de malícia, comenta:

– Opa! Esse Rick realmente vale a pena. Primeiro amor, primeiro namorado... Quem diria!

– Por enquanto é só amizade – retruca Rô.

– Sei...

Ao final da festa, Rick diz que quer vê-la novamente e a convida para ir ao cinema assistir a um filme nacional que está passando.

Rosalva, com o coração aos pulos, está muito feliz com o convite, mas tem uma ressalva:

– Nacional?

– É, nosso cinema está melhorando a cada dia, e a crítica tem elogiado muito esse filme.

– Está bem. Vamos lá. É melhor durante a semana, se você puder. Você tem aula?

– Na quinta-feira só tenho uma aula. Podemos ir em uma sessão à tarde.

– Está combinado, então. Anota o meu telefone e me liga.

Depois da festa, Rosalva vai até a área de serviço e chama Pequê para brincar um pouco. Há muitos dias não tem tido tempo para o cachorrinho e agora quer afagá-lo, conversar com ele, como se fossem amigos.

– Como vai, meu bichinho querido? Sabe, encontrei um rapaz muito legal e vou sair com ele. Espero que façam amizade.

Pequê percebe logo que sua dona está feliz e então salta para seu colo, lambendo seu rosto, apreciando devidamente o carinho recebido.

Quando Rick aparece na quinta-feira, Rosalva está com Pequê no colo. Ao vê-lo, o pequinês salta e vai até o rapaz sacudindo o pequeno rabo, esperando por carinho.

– É amor à primeira vista – diz Rô.

Ricardo faz carinho no cachorro e logo se tornam aliados.

– Vamos? Já avisou seus pais?

– Tudo certo! Podemos ir.

O filme é interessante. Rick é muito atencioso e não foi atrevido em momento algum. Ao sair, resolvem tomar um lanche rápido na doceria que fica perto do cinema.

A conversa é boa e eles acabam se conhecendo melhor, descobrindo afinidades. Voltam descontraídos e programam um novo encontro para a próxima semana.

– Você não convidou o Rick para entrar? Estou curiosa para saber os detalhes – diz a mãe, eufórica.

– Mamãe, mamãe... Eu sei bem o que a senhora quer. Quanto ao Rick, foi uma decepção, a senhora nem imagina!

– Como? Ele parecia tão legal.

– Só sabe falar sobre computadores, redes sociais. É um chato.

– É difícil de acreditar.

A mãe está chateada e incrédula, pois achava que, enfim, a filha tinha achado um rapaz para namorar. E o pai também tinha tido boa impressão dele.

– Enfim, nem tudo é como parece... – conclui a mãe.

Rosalva quase caiu na risada, vendo a reação da mãe:

– Peguei você, mamãe! Não é nada disso. Rick é encantador, educado, inteligente, respeitador e eu me diverti muito. Já marcamos de nos encontrar na próxima semana. Sei que fui má, mas você é muito curiosa.

– Rô, como você pode fazer isso com sua mãe? Eu estava curiosa, claro, e fiquei preocupada com o que você disse. Agora fala sério e conte o que aconteceu de bom.

Foi uma conversa muito boa. Mãe e filha têm muita liberdade para abordar qualquer assunto e, discordando ou concordando, estão sempre ligadas.

Depois disso, Rô troca de roupa e vai levar seu cachorrinho a um *pet shop* para tomar banho, tosar um pouco seu pelo e cortar as unhas, coisa que costuma fazer ao menos uma vez por mês.

Pequê gosta de todo esse tratamento. Apenas quando começam a secá-lo com secador, e o calor chega ao seu ouvido, ele se agita, dá gemidos, como se dissesse:

– *Pô! Está muito quente isso aí! Por que não usam cotonete? Vão acabar me queimando.*

Após uma hora, ele já está limpinho e cheiroso.

– *Até outra vez, pessoal! Vejam se aprendem durante esse tempo a lidar com esse "queimador" aí.*

Os encontros entre Rô e Rick são cada vez mais frequentes e as conversas ao telefone, intermináveis. Porém, Rô sente uma certa tristeza por Rick nunca tentar beijá-la. A menina se questiona se o rapaz a vê apenas como uma boa amiga. Até que um dia, ao se despedirem na porta do prédio de Rô, o rapaz toma a iniciativa e olha bem dentro de seus olhos, abraça-a com a firmeza que ela esperava e, com suavidade, vai dando pequenos beijinhos em sua bochecha até chegar aos lábios, que estão sedentos por aquele momento.

Naquele dia, Rick diz para Rô que suas intenções eram sérias e faz questão de subir e conversar com os pais dela.

A mãe não se aguenta de tanta alegria. O pai, um pouco mais reservado, aprova, mas se sente preocupado em ver sua menininha crescendo.

Agora que os encontros de Rô e Rick são entre namorados, Pequê vai até o rapaz e faz sua festa todas as vezes que o vê.

- *Esse Rick é bom mesmo, quero que dê certo esse namoro e que ele encontre uma coleguinha para mim.*

Esse cachorrinho não perde tempo...

O namoro dos jovens segue firme e forte. Já falam do futuro, depois da formatura. Também tem os dois anos de estágio. E ela está indo muito bem no curso, mas está um ano atrás dele. Por enquanto, são só sonhos.

O curso que fazem requer muita força de vontade e certeza da escolha feita. Não é nada fácil lidar pela primeira vez com cadáveres na aula de anatomia e dissecá-los para estudar o interior de órgãos. Alguns colegas passam mal, outros vomitam. Além da parte prática, há sempre uma sessão com um psicólogo que ajuda a enfrentar esse momento. Alguns alunos desistem no meio do curso e passam para o curso de Biologia.

Sempre que chega em casa à tarde, Rô é recebida com pulos de alegria de Pequê, que fica deitado perto da porta de entrada e, ao ouvir o elevador chegando, já salta latindo.

Rosalva deixa suas coisas em casa, beija a mãe, pega a coleira e sai com Pequê para seu passeio diário.

– Oba! Já vamos passear. Ah! Não é só um passeio, vou ter que tomar vacina hoje. Ouvi essa conversa lá na cozinha.

A vacina não dói, e ele logo é levado para fora do veterinário. Pequê ainda ouve que precisará retornar para uma profilaxia oral, pois tem seis anos de idade.

– Otite também?

Por certo Rô é cuidadosa com seu animalzinho e não descuida de sua saúde. "Quem ama cuida."

Quando Rô está no último ano, os alunos são convidados a ouvir uma palestra de médicos que fazem parte do programa de uma ONG chamada "Saúde sem Fronteiras".

A explanação é ótima, acompanhada de *slides* e filmes sobre o trabalho voluntário desses profissionais, com destaque para o feito na África, cuja população é das mais pobres e necessitadas do mundo.

Acontecem muitos debates entre os estudantes, todos orientados pelos professores. Está na hora da decisão: especialidades, cursos, pós-graduação, pesquisas. Rick já partiu para as pesquisas em seu período de estágio e está empolgado com a escolha. Tenta influenciar Rô, mas ela ainda tem dúvidas. Ela sempre sonhou com o contato direto com os doentes: acompanhar os tratamentos e sentir a evolução para a cura. Acha a pesquisa muito solitária, embora de grande importância.

Depois de conversar com os pais e mais dois professores, com os quais se identifica e respeita, decide definitivamente que, após o curso, entrará para uma ONG e prestará serviços na África.

Entra em contato com uma organização e busca informações nas embaixadas africanas do Senegal, da Libéria e de Serra Leoa. Procura cursos de francês, pois muitos países foram colônias da França e outros de Portugal; já sabe que a língua atual é uma mistura da local com a dos colonizadores e que só aprenderá quando estiver lá.

Na Libéria, o inglês é a língua oficial, mas esse ela já estuda há muito tempo.

Os pais pensam no quanto vão se sentir sozinhos e se preocupam, pois a distância será muito grande. Mas eles sempre a orientaram a buscar seus ideais e a não desistir deles, assim, aceitam a situação e a estimulam com a cautela necessária.

Rô, nos momentos mais calmos, também pensa se é isso mesmo que deseja. O bem-querer com os pais, o carinho por Pequê, as amigas que ficam e Rick, seu grande amor, balançam seu coração, mas ela é otimista e idealista, e pensa no bem que poderá fazer a países tão pobres e a gente tão necessitada. Sua mãe vai cuidar muito bem de Pequê.

O ano transcorre rápido agora. Rick é o companheiro que entende e incentiva e, portanto, não vai interferir em sua decisão.

Se for para se tornar um compromisso maior, o tempo dirá. Destino, será?

Quando fez o vestibular, havia as cotas. Desses candidatos, apenas dois entraram para a sua turma. Eles vinham de escolas públicas e lá o ensino nunca foi dos melhores, daí não acompanharem bem as matérias e as aulas práticas pelas quais tiveram que passar. Muita gente não concorda com as cotas, pois consideram que a medida seja paliativa porque negros e brancos, pobres e ricos têm que ter uma escola de qualidade, o mais virá pelo seu esforço pessoal, seu empenho, sua força de vontade e sua luta para melhorar.

Quando foi a hora de se inscrever na ONG, ela fica desolada ao constatar que apenas um rapaz negro aparece, mas ela não desiste. Na sua cabeça, as palavras do Juramento de Hipócrates se repetem a todo momento:

"Prometo solenemente consagrar a minha vida a serviço da Humanidade.

Darei aos meus Mestres o respeito e o reconhecimento que lhes são devidos.

Exercerei a minha arte com consciência e dignidade.

A saúde do meu doente será a minha primeira preocupação.

Mesmo após a morte do doente, respeitarei os segredos que me tiver confiado.

Montarei por todos os meios ao meu alcance a honra e as nobres tradições da profissão médica.

Os meus colegas serão meus irmãos.

Não permitirei que considerações de religião, nacionalidade, raça, partido político ou posição social se interponham entre o meu dever e o meu doente.

Guardarei respeito absoluto pela vida humana desde o seu início, mesmo sob ameaça, e não farei uso dos conhecimentos médicos contra as leis da humanidade.

Faço estas promessas solenemente, livremente e sob a minha honra."

As festas de formatura acontecem com a alegria própria de quem chegou até ali. Rosalva participa de todas, apoiada pelos pais orgulhosos.

Chega a hora de partir. Os dois anos que pretende passar na África serão considerados residência médica.

No momento, a África é assunto presente em toda a mídia, devido ao surto da epidemia do Ebola que se alastra por lá. Há grandes cuidados com o pessoal que embarcará; muitas preparações psicológicas e esclarecedoras são prestadas em encontros e conferências com o pessoal da ONG.

A princípio, Rô irá para a Libéria, onde a língua oficial é o inglês, e sua capital, Monróvia, será a base. O nome Monróvia é uma homenagem ao presidente americano James Monroe, já que o país é um dos únicos na África que foi fundado por antigos escravos americanos libertos. A República da Libéria foi resultado de ação da Sociedade Americana de Colonização, cujo objetivo era levar para o continente africano negros livres, isso no século XIX. O país é mais desenvolvido, há dezesseis grupos étnicos e um governo democrático, seguindo os ensinamentos e o jeito de gerir dos americanos.

A ONG tem pedido aos países-membros médicos, enfermeiros, epidemiologistas e especialistas em controle de infecções, além de agentes de mobilização social. A situação dos países afetados requer uma resposta de emergência massiva.

Na Libéria, os casos ainda são poucos, e o governo tem pedido ao povo para que usem meios disponíveis para evitar a doença quando tiverem de lidar com infectados na família. Há ainda um controle oficial nas fronteiras com Serra Leoa, Guiné e Congo, países nos quais novos casos são anunciados diariamente.

Todos que voltam ao país de origem, além de tomarem vacinas variadas, passam alguns dias isolados, acompanhados de infectologistas.

Os médicos foram questionados sobre a pertinência da viagem, pois é necessário saber, a fundo, o que acontece na região e o perigo de contágio. Tratamentos experimentais estão sendo desenvolvidos, mas a situação é séria.

Rô está convicta de seu passo e preparada para o que vier.

Depois de instalada com companheiras de vários países, resolve dar uma voltinha por perto com algumas delas para conhecer o pedaço. Ficam bem impressionadas: ruas limpas e largas, construções boas, algumas bastante modernas, mas sabem que a periferia não é assim.

Em 2011, uma liberiana ganhou o prêmio Nobel da Paz – Leymah Gbowee. Ela ficou conhecida mundialmente por ter promovido um movimento que enfrentou governo e rebeldes a partir do nada, apenas certa de que as vítimas maiores no conflito armado vigente eram as mulheres. Chamou a atenção internacional mais ainda por ter juntado suas companheiras, anunciando uma greve de sexo enquanto durassem os combates. A fúria machista foi enorme, mas ela venceu a parada e, por isso, no ano seguinte, recebeu o prêmio Nobel.

Rô teve a oportunidade de conhecê-la quando fazia uma palestra. Ficou impressionada com suas palavras e suas ações. A Libéria ainda é machista, como todo o continente africano, e isso é cultural.

O rastro cultural conservador é difícil de ser mudado, mas há movimentos, escassos, é verdade, que aos poucos estão fazendo a diferença. Leymah prega: "mulheres só terão mais poder quando estiverem no poder".

O trabalho diário é intenso. Lidar com as doenças é um aprendizado constante. Há ainda a questão da diversidade cultural, pois é grande a quantidade de grupos étnicos, e só 5% é descendente de americanos que ali se erradicaram, mas não se consideram estrangeiros. O que é doença para uns que procuram tratamento médico, para a grande maioria nativa é questão a ser resolvida através do vodum feito pelos curandeiros tribais.

Toda noite, se ainda não está morta de cansaço, escreve para os pais e para Rick, contando sobre seu trabalho e sobre o povo dali. Seu cotidiano é esmiuçado. Isso a alivia e recarrega suas forças; seu ideal de fazer o bem é forte o bastante.

Sendo assim, os pais acompanham sua vida e jamais dizem para ela voltar para casa.

Tanto ela como eles sabem o que isso representa para a continuação da vida que se propôs a levar.

A crise da epidemia do Ebola cresce. Agora há cerca de 10 mil pessoas contaminadas no continente africano e o mundo teme que o vírus se alastre ainda mais.

Enfermeiras e padres já foram contaminados e voltaram aos seus países de origem para tratamento. Esses países estão tomando todos os cuidados possíveis para evitar a disseminação da doença.

Em São Paulo, Rick conta em carta que está se aprofundando nas pesquisas sobre a doença. Ele está pesquisando sobre sua origem e também está tentando criar uma vacina preventiva. O mundo todo está preocupado e não é para menos.

Na última carta de sua mãe, Rosalva fica sabendo que Pequê, agora com 10 anos, está mais fraco a cada dia por conta da idade, com insuficiência renal e gastroenterite. Os diagnósticos não são nada animadores.

Fazer o quê? Seus pais fazem tudo que podem, porém mais uma vez a roda da vida segue seu curso. Pessoas e animais, nessas ocasiões, são semelhantes. Rô sabe bem como é e está conformada com isso.

Em Monróvia, a ONG abre dois hospitais e algumas clínicas móveis, voltados especialmente para os casos confirmados de Ebola e para pessoas com suspeita de contaminação ficarem em observação. Algumas clínicas são para acompanhar todos os tipos de doenças tropicais.

Rô tem a oportunidade de dar continuidade ao tratamento de seus pacientes e é respeitada por todos. Alguns pacientes, mesmo depois de terem alta, voltam para vê-la e trazem alguma lembrancinha, coisa pequena que fazem com o pouco que possuem.

Margaret Chan, diretora-geral da Organização Mundial de Saúde, diz que o surto do Ebola é abrangente, tendo a pobreza como causa primordial.

Agora, entre seus companheiros, há um angolano, que usa dreadlocks no cabelo, e um inglês. São alegres e otimistas, o melhor tipo de pessoas para se ter amizade. Quando têm folga por dois dias, fazem pequenas viagens para o interior, admirando a rica variedade de animais e vegetação típicas da África. Observam o quanto há de turistas, apesar das doenças, e ainda fazem safáris.

Na última carta que recebe de Rick, ele conta das pesquisas que seu grupo faz e que já estão fazendo os primeiros testes com vacinas experimentais contra o Ebola. Talvez, no começo do ano, trabalhadores da saúde e pessoas com alto risco poderão ser vacinadas.

Após Margaret Chan ter se manifestado sobre a pobreza, o movimento dos países mais ricos, o G7, com maior participação dos Estados Unidos, está providenciando diversos tipos de doação em grande escala, principalmente dinheiro.

De repente, a Libéria é o país mais afetado pela doença e inicia um confinamento de três dias da população, num esforço para evitar a propagação. Parece que a epidemia está fora de controle.

Rô, como todos da ONG, sente o problema aumentando, e alguns companheiros passam voluntariamente a trabalhar em outros hospitais, a fim de aumentar o atendimento.

A distância tem feito sua parte: Rick agora é apenas uma doce lembrança, nem mesmo as cartas ajudam. Com isso, sua amizade com os companheiros se torna mais consistente. O inglês James é um assíduo par, tanto no consultório como nos passeios. Ambos se aperfeiçoam na língua nativa, o que provoca muita risada por causa dos erros. Eles combatem a malária, os mosquitos, as cobras e buscam soluções para a água contaminada.

Rô tem um grau de liberdade e de realizações pessoais quase desconhecidos pela sua geração, graças à criação recebida de seus pais. Tanto que eles não interferem em nada em sua estadia na África, de cultura tão diversa do Brasil.

As dificuldades, a saudade dos pais e a tristeza por estar longe de Pequê em seus últimos dias só não acabam com ela porque James tem sido um ótimo amigo e companheiro, sempre a pondo para cima, inventando passeios. Os dois se tornam cada dia mais cúmplices. E Rô começa a perceber que os sentimentos estão mudando, ela não vê a hora de encontrá-lo e estar com ele. Às vezes, durante o dia, se pega pensando nele. "Será possível que, no meio do caos, eu esteja apaixonada?" Mas o inglês é o bálsamo de que ela necessitava.

James dá muita importância ao esporte, por isso, inscreve-se no clube local, frequentado por colegas e descendentes dos ingleses que moram na cidade. Começa a jogar tênis duas vezes por semana e sempre encontra parceiros no final da tarde, quando a temperatura ameniza e o pessoal se reúne para relaxar da labuta diária.

Com o tempo, convence Rô a aprender o esporte, e os dois se tornam adeptos entusiasmados na equipe local.

Seu relacionamento com James é completo, e nenhum fica cobrando do outro atitudes e comportamentos à moda antiga. Há respeito mútuo, e o amor cresce a cada dia. Um não vive mais sem o outro, e a paixão já não pode ser contida.

Quando se sente mais integrada ao projeto da ONG, resolve alugar um pequeno quitinete e sair do alojamento. Alguns colegas já fizeram o mesmo e ninguém se desligou do trabalho comunitário. Nessa hora, James resolve ir morar com ela, dividindo as despesas e encargos decorrentes. A quitinete fica num antigo hotel que foi à falência por causa das lutas locais e do Ebola: quartos e banheiros foram transformados em lofts que logo foram vendidos ou alugados.

Após o dia de trabalho, os dois se apressam para voltar ao loft, preparam juntos a refeição, fazem a limpeza e depois caem exaustos na cama. Um bom sexo é o antídoto para tudo, e nisso eles mantém uma cumplicidade total, curtindo-se da melhor maneira possível.

Rô tem o costume de, após o banho noturno, passar um creme hidratante por todo o corpo, principalmente no verão, já que na Libéria o clima é muito quente e o ar seco.

Enquanto ela exerce esse ritual diário, James gosta de ficar apreciando o corpo lindo que sua companheira tem. Um dia resolve fazer algo diferente:

– Deixa que eu passo o hidratante em você.

– Tem certeza que quer fazer isso?

– Sem dúvidas.

Mãos fortes e dóceis ao mesmo tempo esparramam o creme em seu corpo; primeiro nos membros e depois no tórax, com os movimentos de uma massagem.

– Que delícia!

O efeito é muito sensual e funciona sempre como um preâmbulo para um sexo mais criativo e de ampla satisfação para ambos.

James é bom nisso, e nesse momento de grande prazer, as inovações vão surgindo para apimentar o relacionamento.

Em outubro de 2014, a Nigéria ficou 42 dias sem nenhum caso da doença declarado, e isso permaneceu assim por um tempo. Agora o assunto maior é o Boko Haram, grupo terrorista que surgiu no país. Ele foi responsável pelo sequestro de 276 adolescentes, com idades entre 12 e 17 anos, que foram levadas por homens armados em caminhões, quando estavam em seus dormitórios, para a floresta de Sambisa, uma das áreas controladas pelos extremistas, perto da fronteira com Camarões. Dezenas delas conseguiram escapar, mas 219 meninas ainda estão desaparecidas. Elas foram dadas em casamento aos seguidores. O líder, Abubakar Shekau, em um vídeo divulgado em 5 de maio, ameaçou tratá-las como escravas.

— Que tal visitarmos nossos amigos em Serra Leoa neste fim de semana? - sugere James, que está sempre disposto a pequenas viagens.

— Está bem, mas vamos primeiro telefonar. Às vezes eles também têm seus programas.

O passeio foi muito bom. Os amigos, Tom e Betty, não pouparam esforços para entretê-los.

— Precisamos vir mais aqui. E vocês façam o favor: a Monróvia vale a pena ser conhecida, diz James.

O passeio feito em picape, tipo de veículo mais usado na região devido aos vários tipos de estradas, foi tranquilo. Um pequeno transtorno logo foi resolvido: um dos pneus furou, mas a dupla, já acostumada, resolveu o problema embaixo de um calor de torrar. Riram muito, lembrando de algumas passagens semelhantes. Numa ocasião, em um passeio para o interior do país, tiveram o mesmo problema, mas foi próximo a uma aldeia. Alguns nativos apareceram e, em vez de ajudar, começaram a dar palpites em seu dialeto local, com grande algazarra e risos. O casal, sem entender nada, ficou na sua, pois qualquer reação de medo ou desconforto poderia gerar algum mal-entendido. Foi um alívio quando terminaram a troca do pneu e puderam sair. Ainda tiveram o bom senso de abanar a mão, despedindo-se.

Em outra ocasião, um nativo logo tomou a iniciativa de trocar o pneu; foi gentil, fez tudo direitinho, só que a poucos metros adiante, já recomeçando a viagem, a roda soltou. O ajudante eficaz não apertou os pinos, e aí...

Todos esses percalços são lembrados e o riso ameniza o desconforto.

Ao chegar ao loft, depois de um banho, já estão prontos para uma noite cheia de amor, numa cama aconchegante.

No dia seguinte, cada um vai para seu trabalho. James tem uma fila de pacientes esperando. Logo aparece um jovem com muita febre e dores por todo o corpo. É um corre-corre, pois esses são sintomas do Ebola, mas, depois de um exame de sangue, o paciente é diagnosticado com pneumonia. Por via das dúvidas, tomam nota do lugar onde ele mora e James já se prepara para fazer uma visita em um outro dia para saber o resultado dos remédios que dá ao rapaz, pois é comum que parem com a medicação quando estão em casa.

Comenta o caso com Rô.

Depois de três dias, James visita o paciente. Por sorte, um faxineiro do hospital é vizinho do rapaz e o acompanha até seu destino. Dificilmente acharia o endereço naquele distrito pobre, de choupanas aos pedaços e grudadas umas às outras, escuras e com mau cheiro.

A pobreza é total. É a realidade que existe longe do centro da capital, por mais que se queira ignorar ou esquecer.

Ao examinar o paciente, notou que não havia melhora nenhuma. Pensando no que fazer, observou a pobreza da choupana: nada no fogão, apenas algumas bananas na mesa; as três crianças com o pior aspecto de fome, fraqueza e sujeira. Como sobreviver nesse ambiente?

Levar o rapaz para o hospital é a solução. À noite, comenta com Rô sobre o que viu. Ela resolve levar alimentos para a jovem esposa e os filhos do paciente.

Acompanhada pelo mesmo funcionário, vai até a aldeia. Deixa os alimentos, orienta para que fervam a água que bebem e sai com os agradecimentos daquela gente pobre, que reconhece o bem recebido.

Quando está para subir na condução em que viera, olha para trás e vê a mãe da família cercada por vizinhos. Ela está repartindo o que havia ganhado. Aqui, mesmo na miséria, a solidariedade existe.

Logo Rosalva irá completar dois anos de sua estada ali. É hora de decidir o que fazer: continuar na ONG, na África? Mudar para outro lugar? Voltar para casa? E James?

Muitas noites de conversa com ele, trocam ideias. O amor e o companheirismo são muito fortes.

– Se eu volto para o Brasil, você vem comigo?

– E se eu volto para a Inglaterra, você vem junto?

Analisam as possibilidades e, mais uma vez, adiam a decisão. Eles ainda têm dois meses. Como o tempo passa depressa!

Conversam com seus superiores. Há outras frentes de trabalho para o Saúde sem Fronteiras.

Rô apela para o conselho dos pais, em carta longa e bem exposta. Fala com mais detalhes sobre seu relacionamento com James. Pela primeira vez está em dúvidas. Foi bem mais fácil quando decidiu deixar Rick e a família e se engajar no trabalho filantrópico.

O pai pondera sobre a situação e sugere que ela volte ao Brasil, descanse um pouco e depois analise melhor.

A vontade de ter a filha de volta, em definitivo, é forte, porém jamais forçou a barra para que isso acontecesse. Não seria agora.

– Sabe, James, vou voltar para casa e pensar no futuro estando lá. A esta altura, você deve fazer o mesmo: volte para sua família e pense bem. Nosso amor saberá superar este momento e, tenho certeza, o futuro será ótimo para nós após uma decisão definitiva.

– Você sempre assertiva. É por isso que a adoro e a respeito. Vamos nessa!

Eles passam os dias seguintes embalando seus pertences, saindo com os amigos, despedindo-se de companheiros e auxiliares do hospital e dos chefes.

James ainda ficará na cidade por mais um mês, mas fazem tudo juntos, como se também para ele a partida fosse iminente.

Curtem cada momento a dois. Passam o maior tempo possível juntos, aproveitando tudo que podem: abraços, beijos, carinhos, sexo, nada parece ser suficiente para compensar a separação que virá.

Em carta, Rô avisa aos pais o dia da chegada e que terá que ficar em observação no Rio de Janeiro por vinte dias, isolada. Todos que chegam da África têm que se sujeitar a isso por conta da epidemia. Depois irá direto para casa.

Sua reintegração à família é total. Em casa, fica a par dos últimos acontecimentos no país. Quer saber também dos últimos tempos de Pequê, que nunca esqueceu.

Ah! Agora encontra um cão pretinho, mistura da raça scottish terrier com vira-lata. Ao vê-la, começa a abanar desesperadamente o rabo e a saltar, sinal de boas-vindas.

Rô logo se encanta e quer saber como a mãe conseguiu o cão e que nome lhe deu.

– Não tem nome ainda. Chamamos de Pretinho, mas você poderá escolher o nome que quiser.

– Pretinho está ótimo.

– Certo dia, voltávamos de umas compras e, numa rua com pouco trânsito, um carro parou no semáforo; a dona abriu a porta do carro e pôs o Pretinho para fora. O semáforo mudou, e você acredita que ela deu a partida, deixando o cachorro ali largado? Ele acompanhou o carro por um longo período, ela acelerou e ele não conseguiu correr mais; foi para a calçada, cansado, com a língua para fora.

– Vou até a cozinha ver a comida. Lauro, conta o resto para a Rô.

– Pois é, filha, veja só a coincidência: ao lado do nosso carro havia um outro com dois rapazes; o que estava do lado do passageiro tinha um celular e filmou tudo. Só não conseguiu o número da placa, pois o carro estava muito sujo. Quando estávamos assistindo ao jornal do meio-dia na TV, passaram o vídeo gravado e vimos novamente o absurdo acontecido. Bem, depois que o Pequê morreu, ficamos com vontade de ter outro cãozinho, mas fomos adiando. Daí sua mãe resolveu que iríamos ao Centro de Controle de Zoonoses da Prefeitura. O cão da rua estava lá, todo enrodilhado em um canto. O atendente disse que ele foi encontrado estressado e desde então se afastou das pessoas e dos outros cães que lá se encontravam. Ficamos penalizados, vimos que era um animal bonitinho e resolvemos ficar com ele. Estava sadio, já tinha sido vacinado, vermifugado e castrado. O atendente explicou que, se tivéssemos paciência e carinho, logo ele voltaria ao normal, precisava só de amor. Nada de gritos ou brincadeiras violentas. Aqui está Pretinho, novo membro da família. Não é raça pura, é uma mistura de raças.

– Se você quiser, é todo seu – diz Isabel, retornando à sala.

– Claro que quero. Na África era impossível ter um animal de estimação, o que me fez muita falta.

– Agora nos conte sobre James. O que vocês resolveram? Continua sério o relacionamento?

– Continua seríssimo. No momento, ele vai passar um mês com os pais na Inglaterra e depois virá para o Brasil. Aqui vamos resolver o que fazer. Por falar em relacionamentos, tem visto o Rick?

– Depois que você escreveu contando que terminou com ele, não o vimos mais. Antes ele passava por aqui cada vez que recebia suas cartas, para comentar o que acontecia com você e com ele. É um bom rapaz.

O sr. Lauro gosta muito do rapaz, mas como ele diz: "eu não vou casar com ninguém, cada um sabe de sua vida".

– Tenho certeza que vocês vão aprovar James. Ele é cardiologista, se bem que em Monróvia atendia de tudo. Lá não dá para seguir apenas as especializações. O país precisa de tudo. O sistema tribal ainda é forte e cada conglomerado tem seu curandeiro. Até chegarem a um médico é uma epopeia, e então já estão em péssimas condições. Todo mundo faz o que pode. O pior é a pobreza, com tudo que vem junto: água contaminada, fome, falta de higiene, de saneamento, de educação. Bem fiz eu por ter optado por clínica geral. Posso acompanhar a evolução ou a regressão dos doentes, analisar os resultados e, muitas vezes, mudar o tratamento. Os exames laboratoriais, cada dia mais evoluídos, ajudam e muito nos acertos.

– E agora? Quais são seus planos?

– Por enquanto, vou apresentar os papéis que trouxe da ONG para a faculdade e receber definitivamente meu diploma. Depois pretendo procurar os lugares que sejam mais adequados para montar um consultório, ou procurar fazer parte de alguma clínica já instalada. Talvez ir para o interior. Por que não?

– Não tenha pressa, filha. É melhor decidir com a cabeça fria.

– É isso mesmo. Acho que só a família precisa saber que já cheguei, pois devem estar ansiosos para saber sobre a vida que levei nesses dois anos. Depois, devagarzinho, entrarei em contato com os amigos.

– Você que sabe. Nossa alegria é imensa pela sua volta e queremos curti-la o máximo que pudermos – diz a mãe.

– Vou agora guardar minhas coisas. A Lucinda já levou minha mala?

– Como é bom voltar! Minha casa, minha gente, minha cama. Quanta saudade! Eu estava apagada em Monróvia. Acho que tinha congelado tudo que ficou para trás, só pensando no meu trabalho, procurando me adaptar a tudo e a todos. Precisava ser assim, caso contrário não aguentaria estar longe de vocês. Mas que foi uma experiência incrível, foi!

Nos dias seguintes, Rô recebeu muitas visitas de parentes e contou sobre sua vida africana. Assim, foi ótimo quando a ONG - Saúde sem Fronteiras - a convidou para dar algumas palestras para alunos que pretendem se engajar ao projeto, como tinha sido em seu último ano na faculdade. Sua facilidade de comunicação foi posta à prova e ela se saiu muito bem. Após as apresentações, alguns alunos ainda a procuravam para saber detalhes.

Numa tarde, saindo para levar Pretinho para passear, Rô encontrou sua antiga amiga Ruth. Tiveram um longo papo e ela ficou a par de todas as novidades do grupo.

– Agora que voltou, vamos a umas baladas – outra novidade para Rô – que acontecem nos fins de semana.

Ruth está entusiasmada.

– Vamos com calma. Ainda estou me readaptando à vida aqui.

– Está bem. Vou pegar leve com você, mas não se esqueça do convite.

Agora Ruth também está formada, em Comunicação, e tem um bom emprego em uma agência.

Na pracinha, aonde sempre leva Pretinho, faz amizade com várias pessoas que também levam seus animais. A conversa é divertida, cada um contando as travessuras de seus cachorrinhos. Também trocam informações sobre a saúde deles e sobre os tratamentos que a clínica veterinária que fica ali perto oferece. Por falar nisso, lembram-na que deve dar vermífugo para Pretinho.

Ao chegar em casa, conversa com a mãe sobre o que ouviu.

– Fica resolvido: amanhã vou levá-lo ao veterinário.

A sala de espera está cheia de latidos e vozes dos donos querendo calar os animais. Rô sente orgulho do seu cachorro, que se comporta melhor do que os cães que estão ali, que latem sem parar e não respeitam seus donos. Demora um pouco, enquanto isso Pretinho já fez amizade com alguns colegas e se entendem bem.

– *Eu já fui vacinado, não sei por que estou aqui outra vez.*

– *Vai ver você tem pulgas.*

– *Eu, hein? Nem pensar. Sou muito limpinho e uso xampu apropriado.*

– *Sabe-se lá. Às vezes nossos donos não têm o que fazer e ficam trazendo nosso corpito para cá. Acho que é para mostrar aos outros que gostam mesmo do seu bichinho.*

– *Você viu que tem uns gatos aqui?*

– *Não confio veles. Olha só aquele ali, alisando as patas.*

– *Xô, bicho...*

– *Estão puxando minha coleira. Até mais.*

Chegou a hora de Pretinho ser atendido. Tudo parece estar bem, mas, como disseram os amigos do parque, um vermífugo é indicado.

Rô agora está apegada ao cão. Quando passa o dia em casa, não se desgrudam. Até na hora da refeição Pretinho se põe ao lado da cadeira da jovem, esperando um pedacinho de queijo, uma asinha de frango, um pedaço de bolo, qualquer coisa que Rô esteja comendo. Sua mãe não aprova isso, mas já cansou de reclamar, pois já virou costume.

Rô passa a sair diariamente para procurar antigos colegas da faculdade e para conversar com professores com quem tinha mais liberdade, à procura de informações e referências. Visita algumas clínicas indicadas, em busca de vagas.

Depois de muita pesquisa, chega à conclusão de que um consultório próprio será melhor.

Agora a procura é pelo local.

Com a ajuda do pai, vai a vários estabelecimentos que têm sala para alugar. O bairro também é importante: acesso fácil e com estacionamento.

Depois de vários dias, encontram duas salas juntas que preenchem os quesitos desejados. O negócio é fechado.

– Vamos equipar o consultório apenas com o necessário, e a sala de espera poderá ser bem simples.

– Não podemos esquecer de uma mesa, telefone, computador, e achar alguém bem simpático para atender as ligações e marcar as consultas.

Os pais reservaram dinheiro para as despesas, pois sempre tiveram esperança de ver a filha se fixar na cidade.

Tudo é feito com atenção e cuidado, sem gastos desnecessários.

O dia da inauguração chega e todos estão felizes. Uma jovem universitária é contratada para trabalhar no período da tarde, pois na parte da manhã tem aulas.

O começo é difícil, como já era esperado. Há dias que não tem sequer um paciente, mas, aos poucos, amigos e parentes começam a indicá-la para pessoas que, satisfeitas com o desempenho e a atenção da doutora, a indicam para seus próximos.

Muitos meses se passaram desde que Rô e James se despediram em Monróvia. A saudade aperta cada dia mais e os bate-papos que Rô mantém frequentemente com James, através da *webcam*, já não são suficientes para aplacar o vazio e a falta que sente dele. Ele está disposto a morar no Brasil e a tentar se instalar com ela, dividindo a sala de espera e alugando outra sala para seu atendimento em cardiologia.

– Agora é rezar para que tudo dê certo.

Finalmente chega o dia em que James deverá desembarcar. Tudo está pronto para recebê-lo. No aeroporto, o desembarque é demorado em virtude do número de voos que chegam ao mesmo tempo, mas James não precisará passar pelo serviço de saúde, pois está vindo da Inglaterra.

A alegria é enorme.

Claro que ele ficará na casa de Rô, já que é considerado da família, que entende o tipo de relacionamento dos dois e nada comentam sobre isso. Tudo normal.

Com o decorrer dos dias, matam as saudades e acertam os planos de trabalho.

Sem demora, James prepara os papéis para que seu diploma seja reconhecido no Brasil, pois é necessário submeter-se à burocracia. Ele entrega todos os documentos na USP para que uma comissão especial, composta por professores da própria universidade ou de outros estabelecimentos, que tenham qualificação compatível com a área do conhecimento, possa dar seu parecer e revalidar o diploma.

Novamente, os amigos são convocados a ajudar indicando pacientes para o novo cardiologista. Com a presença de Ruth, vão a alguns espetáculos e a algumas baladas. Ela é uma ótima guia para conhecer e curtir a cidade, e seu trabalho na agência garante que ela tenha passe livre nos melhores e mais badalados eventos.

O português de James está cada dia melhor e ele conquista os sogros logo de cara.

Com o decorrer dos meses, James aperfeiçoa ainda mais seu português, mantendo o charme de seu sotaque britânico. Ele conquista cada vez mais pacientes e sente-se realizado.

– Você já está pronta para casar, assumir uma família? Acho que já temos uma boa base para isso, depois de alguns anos juntos. O que me diz?

Essa pergunta pega Rô de surpresa. Sempre achou natural viver com James, sem os papéis oficiais, pois, como prevê a lei, depois de alguns anos de união estável, ela tem todos os direitos de esposa, pode até acrescentar ao nome o sobrenome do companheiro.

Os pais, novamente consultados, concordam com o que foi decidido pelos dois.

No fim do ano, resolvem levar James para o réveillon no Rio de Janeiro, que encanta a todos com seus fogos de artifício soltos na baía por barcos e que também caem dos prédios da orla.

A tia de Rô, Madalena, anfitriã da casa em que estão hospedados, insiste para que voltem no Carnaval.

– É a festa mais popular do nosso país. Você tem que conhecer.

– Carnaval é oriundo do paganismo do Império Romano. Vem das festas "bacanais", que homenageavam o deus Baco – deus do vinho, da embriaguez e do sexo desbragado. É festa que confunde alegria com orgia – comenta Lauro.

– Podemos assistir pela TV – argumenta a jovem.

– Nem pensar, nada se compara a estar na Sapucaí vendo

todo o movimento das escolas de samba ao vivo: vibrando com a coreografia das comissões de frente, vendo o bailar dos casais de mestre-sala e porta-bandeira, o rodopiar da saia das baianas, o colorido das fantasias, a animação dos figurantes, a majestade dos carros, e você não vai conseguir ficar parado quando ouvir as primeiras batidas da bateria. Você precisa trazer o James. Ele precisa ver principalmente a Unidos da Tijuca. O Paulo Barros, carnavalesco da escola, é um verdadeiro mágico, faz uns carros com efeitos especiais incríveis. Não aceito desculpas.

O entusiasmo da tia Madalena é tamanho que fica acertado: no Carnaval estarão de volta.

A essa altura, James está curiosíssimo, pois sempre ouviu falar do Carnaval no Brasil, mas o estudo, o trabalho na África e todos os compromissos daí resultantes não lhe permitiram nem assistir pela televisão.

Dois meses passam rápido, e já é Carnaval.

James não se cansa de admirar tudo. Antes dos dias certos do Carnaval, cada bairro tem o seu bloco e desfilam pelas ruas.

– Quantos dias? Três? Quatro? E ainda dizem que na Bahia é a semana toda, até na quarta-feira de cinzas tem gente sambando.

Tia Madalena está toda alegre com o entusiasmo do "lorde inglês", como costuma brincar. Outros passeios são feitos e já estão prontos para voltar.

– Realmente valeu.

O ano novo começa e o trabalho tem que ser retomado.

– Brincamos que, no Brasil, o ano só começa depois do Carnaval.

– Só depois do Carnaval? – James se espanta.

– É assim mesmo, pode crer.

Chegam notícias da África.

O Ebola tem seu curso, mas já não é a notícia principal da mídia. Vacinas estão sendo testadas na França e nos Estados Unidos, a robótica já está sendo dirigida para vestir e despir as pessoas que terão contato com os doentes, evitando assim o contato com os fluidos corporais deles.

Rick, agora casado, continua nas pesquisas. Os dois casais tornam-se amigos e algumas vezes saem juntos.

James é o companheiro certo. O amor entre os dois é cada vez mais forte. Não há compreensão maior, nem sexo mais satisfatório. Eles têm tido cuidado, evitando filhos.

– Está na hora do casamento – mais uma vez James volta ao assunto.

– Está bem. Vamos começar procurando uma casa ou um apartamento para comprar. Nossas economias já permitem dar um bom adiantamento em qualquer imóvel.

– Podemos definir o que convém mais. Não precisamos ter pressa.

É a Rô cabeça-feita, pensando em pormenores, no futuro e no presente.

– Pai, mãe!

– O que for melhor para vocês.

Os parentes e amigos são convocados a procurar também. Aparecem várias oportunidades de bons negócios. Reservam todos os fins de semana para visitar imóveis.

Chegam à conclusão de que um apartamento é mais conveniente, com mais segurança e menos trabalho.

Ao fim de um mês, encontram o imóvel que desejam. Quem o indicou foi o Rick, pois um colega seu está de mudança para o interior: o apartamento é novo, os móveis são planejados e está na medida certa para James e Rô. Negócio tratado, negócio feito. Agora é mobiliar e marcar o casamento.

– Como dá trabalho casar!

– Claro, tem que fazer convites, escolher padrinhos, preparar a festa, o enxoval. Já avisou os pais do James? Onde eles vão ficar? No seu apartamento novo ou num hotel? E a lua de mel?

James lembra:

– Em maio temos o Congresso de Cardiologia no Ceará. Eu gostaria de não perder.

– Certo, vamos fazer o seguinte: casamos na antevéspera do congresso começar e passamos nossa lua de mel em Fortaleza. Que tal?

Rô é prática.

– Filha! Lua de mel e congresso?

– Papai, lua de mel é um detalhe, pois já não vivemos juntos há tanto tempo?

– É o que penso. Mas deixo a seu critério.

– Está resolvido: casamento e Fortaleza em seguida.

James, como sempre, concorda.

Os pais de James chegam da Inglaterra. Há uma integração total entre as famílias. Eles preferem ficar hospedados num hotel para não atrapalhar o casal que está enlouquecido com tantos detalhes e preparativos.

O casal avisa aos amigos que dispensariam os presentes, mas que o valor monetário fosse dado a uma associação benemérita para a qual davam atendimento médico gratuito duas vezes por semana.

Mesmo sendo avisados, muitos amigos enviaram presentes para a casa dos sogros, e o vai e vem de pessoas estranhas fez Pretinho ficar estressado, latindo a todo instante, daí terem resolvido que ele ficaria isolado na área de serviço. Ainda bem que ele permaneceu quieto durante os últimos preparativos para a cerimônia.

O casamento transcorre como planejado. A cerimônia é simples, porém muito agradável, pois o casal prefere evitar mais gastos. Todos se emocionam ao ver Rosalva entrar na igreja acompanhada do pai, em seu vestido rendado. James aguarda a noiva no altar, tendo como testemunha sua mãe chorosa e seu pai orgulhoso. A decoração é de flores brancas, nada de exagero, mas de grande efeito. O casamento civil é realizado no salão paroquial.

Rick, sua esposa, Dora, e a tia Madalena são os padrinhos. Ruth está na França, mas telefona agradecendo o convite para ser uma das madrinhas.

Após a recepção, os jovens vão para seu novo apartamento, onde passarão a noite. James, com a ajuda da sogra, preparou uma surpresa para a esposa. O apartamento está todo iluminado por velas, e um caminho de pétalas de rosas brancas leva até o quarto, onde um champagne espera para brindar o momento em que ele terá a primeira noite com sua, agora, esposa.

– Meu marido é muito romântico!

– Eu vivo cuidando dos corações dos clientes, porque não cuidar do coração mais importante para mim? Você é o meu mundo! Só quero sua felicidade!

– Como você conseguiu preparar tudo isso?

– Segredo... segredo.

O que Rô não sabe, e nem é para saber, foi que James e Isabel conspiraram a surpresa. No dia do casamento, se arrumaram mais cedo e, enquanto a tia Madalena supervisionava o trabalho do maquiador e do cabeleireiro que atendiam a jovem, eles saíram com as malas já prontas e as roupas que seriam usadas na viagem para o novo apartamento.

No caminho, pararam em uma floricultura e compraram rosas brancas e potinhos coloridos. Depois de deixar o apartamento arrumado, com as roupas de dormir dobradas em cima da cama, preparar o banheiro com os objetos para a toalete matinal e pendurar as roupas a serem usadas, despetalaram as rosas, esparramando-as da porta de entrada até o quarto, e colocaram em fila os potinhos que seriam usados com as velas.

Antes de sair, James chamou o zelador do prédio, o sr. José, e mostrou tudo, pedindo que ele fosse acender as velas e deixar o balde de gelo com a garrafa de champagne à mão, tão logo recebesse o aviso de que já estavam a caminho. Entregou também a chave da cozinha.

– O senhor acha que em quinze minutos consegue ajeitar tudo?

O sr. José está adorando o plano. Garante que fará tudo rapidamente e que pode contar com ele.

Enquanto Rô estava distraída despedindo-se dos convidados, já ao abrir a porta do carro que os levará ao apartamento James dá um breve telefonema ao zelador, que já esperava ansioso.

Rô nem notou esse momento. Em todo caso, para garantir, o jovem foi dirigindo lentamente e sempre dando tempo para pegar os semáforos no vermelho.

Deu certo, e agora ali estão, com a esposa admirando e encantada com o resultado.

No dia seguinte, logo cedo, aparecem os pais de ambos para levá-los ao aeroporto, levando o café da manhã para que saiam alimentados.

Eles deixam tudo na maior desordem, mas os pais voltarão para arrumar depois do embarque.
– Boa viagem!
– Aproveitem.
Abraços, beijos...

Em Fortaleza, ficam em um hotel na Praia do Futuro. É um pouco longe do Centro, onde o congresso é realizado, mas carros são postos à disposição dos participantes.

Nos dias de folga, são convidados a conhecer os arredores, e um passeio é programado para Aquiraz, que foi a primeira capital do estado, até 1810, quando passou a ser Fortaleza. Perto dali, há as falésias coloridas, de onde é tirada a areia que fica em camadas, com as quais as mulheres de pescadores fazem lindos trabalhos em recipientes brancos e transparentes, enquanto esperam a volta dos maridos, em suas jangadas.

Todos os congressistas que foram à praia saem de lá com esses trabalhos: lembranças para amigos e familiares.

No último dia, com o carro à sua disposição, passam o tempo visitando lugares lindos da cidade. Vão até as dunas e tentam deslizar nas pranchas, areia abaixo.

Risadas e tombos, claro, fazem parte.

Voltam a São Paulo e ao trabalho.

Quando voltam de Fortaleza, em conversa com os sogros, James comenta o resultado do congresso:

– Nenhum palestrante falou sobre pressão arterial, exercícios e prevenção. A maioria das palestras foi sobre remédios e exames laboratoriais. Tenho observado no meu trabalho quantos problemas existem por causa de uma vida sedentária. Vocês sabem também que atendo funcionários de uma empresa automobilística, muitos aposentados e pessoas que trabalham em escritório. O mundo da tecnologia só contribui para aumentar problemas do coração. Vejam só: *tablets*, celulares, *smartphones*, computadores... tudo pode ser manuseado parado. Pode-se resolver tudo pela internet.

– Tenho notado que ninguém fica mais sem um celular na mão. Até em restaurantes, casais, que penso ser de namorados, em vez de conversar, apreciar a refeição, o ambiente, as pessoas ao redor, estão cada um com seus aparelhos, passando mensagens ou lendo as recebidas. Até crianças estão nessa! Acabou-se a conversa olho no olho. O contato pessoal é coisa do passado – diz Rô.

– Acontece mesmo, estou pensando seriamente em me aprofundar no assunto e preparar uma tese para uma próxima reunião de cardiologistas. Meu trabalho e minha experiência me preparam para uma pesquisa e conclusão.

James está entusiasmado e tem todo o apoio e estímulo de Rô.

Pretinho ficou ouvindo quieto toda a conversa. Está ansioso para que Rô pegue sua coleira e o leve ao parque. Agora que tem seu próprio apartamento, ela só passeia com ele aos domingos, quando vem almoçar com os pais.

Depois de organizada a vida em casa e nos consultórios, o casal resolve entrar para um clube social em que terão oportunidade de praticar o tênis que exercitavam em Monróvia.

Ficam sabendo que mais ou menos perto do apartamento há um clube só para tênis. Inscrevem-se e passam a frequentar três vezes por semana.

Muitos amigos participam da competição entre os clubes da cidade. Entram para as competições de duplas e se tornam conhecidos por se saírem muito bem.

Quando estavam em Monróvia, James e M'bo, nome nativo do angolano Antônio, eram apaixonados pelo ritmo da música local e sempre procuravam músicas para ouvir. Quando descobriram que alguns funcionários do hospital tinham o costume de se reunir nas folgas de domingo para bater o agogô, eles começaram a frequentar essas reuniões. As mulheres não tocavam instrumento nenhum, mas ficavam por perto, balançando seus corpos num gingado cadenciado e sensual. Até o andar delas, carregando os filhos em panos amarrados ao corpo, tinha um quê de malemolência musical.

Algum tempo depois, James comprou pela internet uma câmera muito boa, pequena o bastante para ser carregada na mão. Começou então a gravar tudo o que via, principalmente essas festas nativas que frequentavam.

O casal mostra esse material nas pequenas reuniões que fazem agora com mais assiduidade no novo apartamento.

Rô cozinha milho-verde e batata-doce, pois lembram a África, e serve aos amigos com bebidas. É sempre um sucesso a exibição das gravações, o que aumenta o encanto das reuniões. O jovem casal também mantém o hábito de falar o africanês quando estão a sós para não esquecer.

– Quem sabe um dia nos será útil.

– O inglês nos tem sido de grande valia na profissão e em leituras afins. E também nos congressos – lembra James.

– Com certeza.

As notícias sobre o Ebola são acompanhadas atentamente, mas agora parecem não despertar tanto interesse na mídia.

– Tempos novos, notícias novas.

Recebem cartões de M'bo eventualmente, que permanece na África, agora em Angola, seu país de origem, onde casou e constituiu família.

F utda?
- "O futuro é apenas o presente que ainda não chegou." Li essa frase em uma revista – Rô comenta com o marido.
- Concordo. Vamos então pensar no presente. Que tal um filho? Já estamos instalados e vamos bem em nossas profissões, estamos com as contas quase liquidadas. Não está na hora?
- Pega leve. Cada coisa à sua hora.
- É não é a hora?

Aos poucos vão relaxando com os contraceptivos. A natureza saberá o momento certo.

Ao atender uma paciente que se queixa de desinteresse pela vida sexual e inapetência a alguns alimentos, Rô diagnostica gravidez.

- Grávida? EU? Não quero nem pensar nessa hipótese, pois estamos, eu e meu marido, sem emprego no momento e temos dívidas.

– Vamos ver: quando seria sua menstruação?

– Pô! Já passou quase um mês e nada...

– Eu só posso dizer para você o seguinte: tudo que vem também vai embora. Nestes tempos de eleição, há muita insegurança com a economia por todo lado. Mas, passado o período, as coisas retornam a seu prumo, a produção se define e geralmente os empregos voltam. Pense que é só um período de incertezas. Você vai ver que quando seu bebê chegar já estarão resolvidos seus problemas e ele será muito bem-vindo.

– Bem, doutora. Vou pensar positivo e tranquilizar meu marido.

Esse exame pôs Rô a se questionar sobre o desejo de James de ter um filho.

Ela resolve que não tomará nenhuma medida para evitar a gravidez. Chega em casa e comunica ao marido sua decisão.

– É o que mais quero. Vamos festejar: uma noite de muito, muito amor...

– Ainda não vou contar para a família, pois a notícia deixará todos ansiosos e as perguntas serão diárias.

Alguns meses depois, sua menstruação não acontece e então ela resolve fazer o teste. No seu consultório tem o material necessário. A expectativa é enorme. Positivo é o resultado.

O casal chama os pais de Rô para um jantar. Rô e James colocam o exame e um sapatinho de criança numa caixa de presente e pedem para que eles abram. Sem entender muito bem, abrem a caixa e quando veem o sapatinho entendem que logo serão avós. As lágrimas de alegria correm pelo rosto de todos.

Os pais de James, em Londres, também recebem a notícia e ficam muito felizes. Eles já são avós, pois a filha mais nova é mãe de duas meninas.

– Vamos começar a decorar o quarto extra que temos.

A gravidez transcorre sem problemas, pois a jovem sabe se cuidar com alimentação adequada e exercícios apropriados.

James está muito entusiasmado com a perspectiva de ser pai. Adora acariciar a barriga da esposa; conversa toda noite com o bebê que está no ventre. Faz questão de passar óleo e massagear.

Rô fica feliz com essa atenção exagerada, pois também para ela é uma alegria se olhar no espelho e notar sua barriga maior com o passar o tempo; os seios também estão mais volumosos.

Por alguns meses, ao fazer o ultrassom, não quer saber o sexo do bebê, mas, por insistência do marido e dos pais, resolve saber quando já está no quarto mês de gestação.

Será um menino!

– Agora podemos continuar com o enxovalzinho mais adequado. Parar com a cor rosa, por favor – a mãe exulta.

O nome é assunto na família.

– Homenagear um ente querido?

– Um bem moderno.

– Nome inglês?

James prefere que seja um nome bem brasileiro.

Essa conversa é reservada para as noites que estão todos juntos. Está difícil chegar a um consenso.

– Tem tempo, vamos pensando.

Rô já tem uma ideia, mas gosta de ouvir as opiniões e os argumentos.

– Carlos? Lembra-me o meu avô.

– Carlos seria uma versão brasileira de Charles, o príncipe inglês. Como meu filho certamente será o príncipe desta casa, para mim está ótimo.

Continuam a programar pequenas viagens em feriados prolongados para que James conheça bem o país. Seu português está perfeito, mas o sotaque continua a dar aquele "algo a mais".

O tempo corre e já está chegando a hora do parto.

Seu colega, Walter, que acompanha a gravidez desde o começo, já está a postos, pois Rô opta por parto normal, e para isso se preparou.

Chega o dia. Dona Isabel fica a postos, junto ao marido e James, na sala de espera, enquanto Rô é encaminhada para a sala de parto.

Não demora muito, a notícia é dada: um saudável garotinho chegou e a jovem mãe está bem. Em pouco tempo poderão vê-la e também o bebê estará no berçário.

Começo de uma vida...

A roda da vida... girando.

1 de agosto de 2015

Uma vacina contra o Ebola foi bem-sucedida, em testes, durante a epidemia na Guiné, quando 4 mil pessoas receberam a dose. Geralmente o processo leva mais de uma década. Dessa vez foi em apenas um ano.

O ministro do exterior da Noruega, Børge Brende, que ajudou a financiar as pesquisas, anunciou o fato. O estudo foi financiado, maioritariamente, pela Organização Mundial de Saúde. Recebeu o nome de rVSV-Zebov. Foi a Agência de Saúde Pública do Canadá que a desenvolveu.

14 de janeiro de 2016

A OMS (Organização Mundial de Saúde) anunciou o fim da pior epidemia de Ebola da história, que atingiu países da África Ocidental e espalhou pânico em todo o mundo.